Catalogage avant publication de Bibliothèque et Archives nationales du Québec et Bibliothèque et Archives Canada

McAuley, Rowan

    La grande rupture

    (Go girl!)

    Traduction de : The Big Split

    Pour les jeunes.

    ISBN 978-2-7625-9341-9

    I. Dixon, Sonia. II. Ménard, Valérie. III. Titre. IV. Collection : Go girl!.

The Big Split de la collection GO GIRL!
Copyright du texte © 2006 Rowan McAuley
Maquette et illustrations © 2006 Hardie Grant Egmont
Le droit moral de l'auteur est ici reconnu et exprimé.

Version française
© Les éditions Héritage inc. 2011
Traduction de Valérie Ménard
Révision de Diane Patenaude
Infographie : D.sim.al/Danielle Dugal

Nous reconnaissons l'aide financière du gouvernement du Canada par l'entremise du Fonds du livre du Canada (FLC) pour nos activités d'édition.

Nous reconnaissons l'aide financière du gouvernement du Québec par l'entremise du Programme d'aide aux entreprises du livre et de l'édition spécialisée.

La grande rupture

PAR
ROWAN McAULEY

TRADUCTION DE VALÉRIE MÉNARD
RÉVISION DE DIANE PATENAUDE

ILLUSTRATIONS DE
SONIA DIXON
INSPIRÉES DES ILLUSTRATIONS DE ASH OSWALD

INFOGRAPHIE DE DANIELLE DUGAL

Chapitre

un

Jade est assise sur le plancher de sa chambre, l'oreille appuyée contre la porte. Aucun bruit — la maison est silencieuse. Elle soupire, se frotte le nez et gratte une piqûre de moustique sur sa jambe.

Son devoir est étalé sur son bureau, mais elle n'a plus vraiment la tête à le terminer.

Cinq minutes plus tôt — cinq! — ses parents se sont assis avec elle et sa grande sœur, Maeva, pour leur annoncer qu'ils se séparaient.

Jade ne les a pas crus, même si son père lui a assuré que c'était vrai. Son père et sa mère ont discuté longuement. Ils ont tenté de leur expliquer la situation, mais Jade ne les a pas écoutés.

Elle ne tient pas à savoir *pourquoi* ils se séparent. Présentement, elle parvient à peine à comprendre qu'ils *veuillent* se séparer. Elle est si renversée qu'elle a l'impression que son cerveau lui joue des tours.

À présent, elle est seule dans sa chambre, ignorant ce que sera la suite des choses. Elle sait que son père va quitter la maison, mais elle est trop bouleversée pour pleurer.

Jade n'a pas encore soupé, et elle n'a pas faim.

Un tas de questions se bousculent dans sa tête, mais elle ne se sent pas prête à en parler avec ses parents.

Jade pense à tous ses amis dont les parents se sont séparés. Qu'ont-ils fait le soir qu'ils l'ont appris?

Les parents de William se sont séparés avant même qu'il commence la maternelle,

Devrais-je appeler quelqu'un?

alors Jade doute que cela le préoccupe encore aujourd'hui. Le père d'Olivia n'a jamais habité avec eux, donc ça ne compte pas. Puis, elle songe à son amie Alexia, qu'elle a connue au camp de tennis — son père a quitté la maison l'année dernière.

Jade se demande si elle devrait téléphoner à Alexia pour savoir ce qui est censé se passer ensuite. Elle aimerait être bien préparée afin que ses parents ne puissent plus la prendre par surprise comme ce soir...

Elle va chercher son agenda pour trouver le numéro d'Alexia. Soudain, elle regarde le réveille-matin à côté de son lit. Il est beaucoup trop tard pour lui téléphoner. Même sa meilleure amie, Coralie, n'a pas le droit de recevoir d'appel à une heure aussi tardive les soirs de semaine.

«C'est peut-être mieux ainsi, pense-t-elle. Je n'ai pas parlé à Alexia depuis une éternité, et je ne saurais pas quoi dire à Coralie.»

Mais bien sûr, il y a une personne à qui Jade peut parler. Une personne qui comprendrait comment Jade se sent et qui ne poserait pas de questions auxquelles elle ne pourrait pas répondre.

Elle ouvre doucement sa porte et regarde dans le couloir. Bien — la maison est toujours silencieuse.

C'est le temps de rendre une petite visite à sa grande sœur.

Maeva saura quoi faire.

Chapitre

deux

Jade souhaite parler à Maeva, mais pour une raison qu'elle ignore, elle ne veut pas que ses parents le sachent. Elle désire que ça reste un secret.

Le plus subtilement possible, elle s'avance vers la chambre de Maeva sur la pointe des pieds et frappe à la porte.

— Maeva, chuchote-t-elle. C'est moi.

Sans attendre la réponse, elle ouvre la porte et se glisse à l'intérieur. Jade s'imagine trouver Maeva dans son lit à essayer de dormir, ou bien assise à se ronger les ongles, tout comme elle-même le faisait.

À sa grande surprise, cependant, Maeva ne fait ni l'un ni l'autre. Maeva prépare une valise.

— Maeva ! Qu'est-ce que tu fais ?

— Je m'en vais avec papa, répond Maeva, en enlevant son tiroir de sous-vêtements de la garde-robe et en vidant tout son contenu dans la valise.

Elle lance le tiroir vide à côté de son lit, puis arrache le second tiroir. Celui-ci contient ses tee-shirts et ses shorts. Elle les dépose par-dessus les sous-vêtements et les chaussettes déjà entassés dans sa valise.

— Tu t'en vas avec papa ? réplique Jade, abasourdie. Comment cela se fait-il ? Et

Maeva s'en va aussi?

pourquoi te l'a-t-il demandé à toi? Et moi? Personne ne m'a demandé mon avis.

— Personne ne me l'a demandé non plus, répond Maeva. J'ai pris cette décision.

— Et papa a accepté? Et maman aussi?

— Je ne *leur* ai pas demandé, lance Maeva, en enfouissant ses jeans et ses jupes dans la valise. J'y vais, c'est tout. Papa ne peut pas refuser, n'est-ce pas?

Jade garde le silence.

Elle ne veut pas que Maeva s'en aille.

— Tu pourrais venir avec nous, j'imagine, poursuit Maeva.

Jade y réfléchit pendant un moment, puis elle secoue la tête.

— Non. Ça ne serait pas juste pour maman. Elle resterait seule et ce n'est pas raisonnable.

— Raisonnable? proteste Maeva. Juste? Comme si ce qui arrivait était juste!

Les deux fillettes sursautent lorsqu'on frappe à la porte.

— Les filles?

La porte s'ouvre. C'est leur père. Il semble fatigué et triste. Il traîne sa valise avec lui et tient les clés de la voiture dans sa main.

— C'est l'heure de vous souhaiter bonne nuit. Maeva ! Qu'est-ce que c'est ?

— Je viens avec toi, annonce Maeva, en essayant de refermer le couvercle de sa valise par-dessus sa pile de vêtements.

— Oh, Maeva, dit son père. Tu ne peux pas venir avec moi, mais je te promets que...

— Oublie ça, l'interrompt Maeva en se retournant.

Sous la colère, elle commence à sortir les vêtements de sa valise et à les lancer dans la chambre.

— Mais, ma chérie...

— J'ai dit, oublie ça ! Va-t'en ! Ne t'inquiète pas pour nous. Nous nous débrouillerons, n'est-ce pas Jade ?

Jade les regarde tous les deux.

Son père a l'air triste. Elle ne l'a encore jamais vu aussi malheureux. Maeva semble également triste, mais surtout fâchée. Elle a les bras croisés, le visage rouge écarlate et elle tourne le dos à leur père.

— Jade? souffle son père.

Il tend les bras vers elle, puis Jade l'enlace du plus fort qu'elle le peut.

Il y a tant de choses qu'elle souhaiterait lui dire, mais elle ne sait pas comment. Elle espère que son père comprendra comment elle se sent par la façon dont elle l'a serré dans ses bras.

— Ça c'est ma belle fille, chuchote-t-il, exactement comme il le faisait lorsqu'elle était plus jeune. Maeva ?

Maeva finit par abandonner. Elle est peut-être fâchée, mais elle ne peut pas l'ignorer. Ils se serrent dans leurs bras. Tout à coup, leur père dit :

— Je dois y aller, mais je vous téléphonerai demain et nous organiserons quelque chose pour le week-end. Soyez gentilles avec votre mère.

Puis, il s'en va.

Chapitre trois

Le lendemain matin, tandis que Jade s'habille pour aller à l'école, Maeva se glisse dans sa chambre. Elle est encore en pyjama et l'expression dans ses yeux n'est pas étrangère à Jade.

— Hé, Jade, dit-elle d'une voix étouffée. Nous devrions avoir congé aujourd'hui, ne crois-tu pas ?

— Congé de quoi ? demande Jade.

— De l'école, *nounoune*. Tu ne crois pas que nous méritons une journée de congé ?

Jade aimerait bien avoir congé.

— As-tu demandé à maman ?

— Quoi ? Bien sûr que non. Je lui ai demandé si elle allait travailler, et elle m'a répondu oui. Alors ça veut dire qu'elle s'attend à ce que nous allions à l'école, n'est-ce pas ? Tu sais comment elle est.

C'est vrai. Leur mère leur répète sans cesse à quel point il est important d'aller à l'école. Elle les a *toujours* forcées à aller à l'école, même lorsque Jade a pris un si gros coup de soleil qu'elle n'arrivait même plus à s'asseoir.

— Bien, si nous ne lui demandons pas, quel est ton plan ? questionne Jade.

— On fait l'école buissonnière.

— Quoi ?

— Jade ! Maeva ! Êtes-vous prêtes à prendre votre déjeuner ? crie leur mère de la cuisine.

— Presque ! réplique Maeva d'une voix enjouée.

Puis, elle chuchote à Jade :

— Nous en reparlerons plus tard. Mais assure-toi seulement de manger suffisamment au déjeuner.

Jade n'a jamais fait l'école buissonnière de sa vie. Elle doit cependant admettre qu'elle n'a aucune envie d'aller à l'école.

Elle a passé la soirée étendue dans son lit à se demander ce qu'elle allait dire à sa meilleure amie, Coralie. Comment lui expliquer que ses parents se séparent ?

Les parents de Coralie sont encore ensemble. Chaque fois que Jade va jouer chez Coralie pendant le week-end, ils rient et font des blagues. En plus d'être parents, ils semblent être les meilleurs amis du monde, comme Jade et Coralie.

Jade les trouve parfaits. Ils ressemblent à ces familles que l'on voit à la télévision.

« Non, tranche-t-elle. Coralie ne comprendra pas. Et si Coralie ne comprend pas, qui d'autre comprendra ? »

Jade prend sa décision.

Elle va voir Maeva, qui s'habille enfin, et lui chuchote :

— D'accord. J'embarque — faisons l'école buissonnière !

La mère de Jade est vétérinaire, et sa clinique est située sur la rue principale. Chaque matin, elle se rend au travail en voiture. Jade et Maeva débarquent devant la boulangerie et marchent jusqu'à l'arrêt d'autobus au coin de la rue.

Ce matin, Maeva attend devant la boulangerie jusqu'à ce que sa mère ait disparu. Puis, elle dit à Jade :

— Bon, j'ai tout prévu. Tout d'abord, combien d'argent as-tu sur toi ? J'ai juste 3,00 $.

Jade cherche son portefeuille dans son sac.

— J'ai 6,50 $.

— C'est beaucoup ! Parfait, alors voici le plan du jour. Nous allons à la boulangerie pour acheter notre dîner. Ensuite, nous faisons ce que nous voulons jusqu'à ce que l'école finisse, puis nous allons rejoindre maman à la clinique.

— Mais qu'allons-nous faire? s'informe Jade.

— Je ne sais pas. Cependant, nous devons aller à un endroit où les gens ne nous reconnaîtront pas. Sinon, ils téléphoneront à l'école ou à maman.

— Hé, nous pourrions traverser le parc discrètement et faire une randonnée dans la forêt, propose Jade.

— Oui! C'est parfait. Et nous devrions nous rendre au gros rocher près de la rivière et y rester jusqu'à ce qu'il soit l'heure de rentrer.

Jade n'arrive pas à croire qu'elles soient en train de mettre leur plan à exécution. Elle commence même à ressentir de l'excitation.

Comment fait-on l'école buissonnière?

Peuvent-elles réellement passer toute une journée sans aller à l'école? Ce sera certainement la chose la plus vilaine qu'elles n'auront jamais faite...

— Viens, dit Maeva, en entrant dans la boulangerie. Je veux une danoise pour ce midi. Peut-être même deux!

Jade suit sa sœur.

Chapitre quatre

Dans la boulangerie, Jade attend nerveusement à côté de la porte. D'autres clients font déjà la file et elle ne veut pas que l'un d'eux la remarque. Elle soulève le capuchon de sa veste sur sa tête.

Une femme d'affaires commande un gâteau d'anniversaire, un facteur achète un saucisson et une employée de la papeterie attend son pain.

Jade ne tient pas en place. Et si un parent de l'école entrait et les voyait ? Ou pire, si c'était un professeur? Ou bien pire encore, qu'adviendrait-il si leur mère entrait pour acheter son dîner avant de commencer sa journée de travail?

Ce n'est peut-être pas une bonne idée, au bout du compte.

Jade aurait eu de la difficulté à expliquer la situation de ses parents à ses camarades de classe, mais ce serait certainement moins

J'espère que personne ne me reconnaîtra!

angoissant que la sensation de culpabilité qui est en train de l'envahir.

Maeva ne semble toutefois pas s'en préoccuper. Elle a l'air heureuse et excitée.

— Regarde ! lance-t-elle à Jade. Nous avons assez d'argent pour nous acheter chacune un croissant au fromage et au bacon, ainsi qu'une danoise. Et s'il nous reste de la monnaie, nous pourrons aller nous chercher de la crème glacée.

— Maeva, nous devrions peut-être...

— Pas question ! l'interrompt Maeva. Je ne veux pas entendre ce que tu as à dire. J'y vais. Tu peux toujours prendre l'autobus pour l'école si tu veux, mais moi, mon idée est faite.

Que devrait faire Jade ?

C'est difficile de s'obstiner avec Maeva. Mais si Jade se rend seule à l'école, quelqu'un finira par lui demander où se trouve Maeva. Et que répondra-t-elle à ce moment-là ?

— D'accord, dit-elle sur un ton hésitant. Allons-y.

— Excellent, lance Maeva.

Elles enfouissent leurs lunchs dans leurs sacs à dos et commencent à marcher en direction du parc. Jade regarde sans cesse par-dessus son épaule.

— Essaie de paraître naturelle ! siffle Maeva. Personne ne nous remarquera, du moment que tu arrêtes d'agir de façon suspecte !

Jade fait du mieux qu'elle peut. Mais à chacun de ses pas, elle a l'impression que
quelqu'un va lui mettre une main sur l'épaule
et dire :

— Jeunes filles, qu'est-ce que vous faites ?

Mais personne ne les intercepte.

Elles traversent le parc et s'engagent sur le
sentier, au milieu des buissons. Jade regarde

Ça va
bien jusqu'à
présent !

une dernière fois pour s'assurer que personne ne les a aperçues avant de disparaître parmi les arbres.

— Nous avons réussi ! se réjouit-elle.

— Je te l'avais dit, répond Maeva. Allez, viens — je veux aller au gros rocher.

Elles descendent le sentier d'un pas précipité. Ça lui fait drôle de marcher avec ses souliers d'école et son sac à dos. Habituellement, les filles font cette randonnée le week-end avec leur père. Jade ne sait quoi penser en ce moment.

Le gros rocher est plutôt abandonné et tranquille aujourd'hui. Pendant le week-end, elles rencontrent souvent d'autres randonneurs ou des kayakistes sur le bord de la rivière.

Aujourd'hui, le sentier est totalement désert. Il n'y a que Jade, Maeva, les arbres et quelques mouches.

— Génial ! s'exclame Maeva, en s'assoyant et en enlevant ses souliers et ses chaussettes.

Elle remue les orteils sous le soleil.

Jade entend du bruit derrière elle et se retourne en vitesse pour voir qui est là. Ce n'est qu'un écureuil qui trottine dans les feuilles.

— Relaxe, dit Maeva. Personne ne nous trouvera ici.

— Tu as raison, soupire Jade en s'assoyant aussi. J'imagine que je pourrais faire mon devoir de maths. Je n'ai pas pu le faire, hier soir, avec tout... enfin, tu sais.

Maeva éclate de rire.

— Il n'y a rien à faire avec toi! Tu ne sais même pas comment faire l'école buissonnière comme il le faut! Tu ne dois pas faire ton devoir!

Mais Jade l'ignore. Ça lui fait du bien d'avoir quelque chose à faire. Ça lui évite de penser à ses parents.

Chapitre cinq

Passer une journée entière dans la forêt, seule avec Maeva, est encore plus difficile que Jade avait pu se l'imaginer. Pour commencer, elles doivent rester cachées, alors quand elles constatent qu'elles n'ont pas apporté d'eau, elles ne peuvent assouvir leur soif. Puis, Jade a soudainement envie d'aller à la toilette.

— Je pourrais aller discrètement au parc, dit Jade. Je sais qu'il y a des toilettes près des balançoires.

— Non, répond Maeva. Nous ne pouvons prendre le risque de nous faire voir. Nous devons attendre que l'école finisse.

Mais, puisque aucune des deux n'a de montre, elles ne savent pas combien de temps il leur reste. Les heures passent très lentement. Elles ont déjà mangé leur croissant au fromage et au bacon ainsi que leur danoise — en plus du lunch que leur mère leur a préparé ce matin. Le ventre de Jade gargouille très fort.

— Peux-tu rester tranquille? râle Maeva.

— Ce n'est pas de ma faute!

— Pouah, c'est plate.

Après avoir fait son devoir, Jade propose un concours pour savoir laquelle sera capable de lancer un bâton jusque dans la rivière. Elles jouent si longtemps, qu'à la fin, il ne reste plus aucun bâton autour du gros rocher.

Lorsque leur petit jeu est terminé, elles n'ont *vraiment* plus rien à faire.

— Quand pourrons-nous partir? Ce doit bientôt être l'heure de rentrer.

— Je crois que nous devrions attendre encore un peu, dit Maeva. C'est mieux d'être un peu en retard que trop d'avance.

— Mais je suis fatiguée! J'ai faim! J'ai soif!

— Oh, tu es tellement *bébé lala*!

— Ce n'est pas vrai!

— Parfait. En tout cas. Allons-y, lance Maeva en enfilant ses souliers. Si nous nous faisons prendre, au moins, je n'aurai plus à t'entendre pleurnicher!

Jade se mord la lèvre. Ça ne sert à rien de discuter avec Maeva lorsqu'elle est en colère. À vrai dire, elle commence à en avoir assez de Maeva.

Elles dévalent le sentier d'un pas lourd jusqu'au parc. Bien sûr, il y a beaucoup de côtes sur le chemin du retour et le soleil est plus chaud que ce matin. En entrant dans les toilettes publiques, elles sont encore plus assoiffées et grincheuses que jamais.

Jade se précipite vers la dernière cabine et verrouille la porte derrière elle dans un soupir de soulagement. Après s'être lavé les mains au lavabo, elle reste une éternité devant la fontaine avec Maeva. Les deux fillettes boivent de l'eau fraîche à tour de rôle. Puis, elles recommencent à marcher en direction de la rue principale.

— Crois-tu que l'école est finie? demande Jade. C'est plutôt tranquille par ici.

— Ouais, je sais, répond Maeva, sur un ton plus amical depuis qu'elle a assouvi sa soif. Nous devrions peut-être nous cacher jusqu'à...

— VOUS DEUX! Maeva! Jade!

Jade s'arrête de marcher net au centre du sentier.

«Oups», pense-t-elle. Elle sait exactement à qui appartient cette voix, mais elle ne tient *absolument* pas à se retourner pour voir.

— Je vous parle! Ne faites pas semblant de ne pas m'entendre!

Jade se retourne à contrecœur.

Juste là, leur mère se dirige vers elles en les regardant d'un air menaçant. Elle a l'air

Oh, non!

furieuse. En fait, Jade ne l'a pas vue aussi fâchée depuis la fois où elle et Maeva avaient décidé de fabriquer des glissades d'eau intérieures sur le plancher de la cuisine avec une bouteille de bulles de savon aux fraises et deux litres de lait.

— Mmm... Bonjour, dit timidement Jade.

— Bonjour? crie sa mère. Bonjour? C'est tout ce que tu as à dire? Sais-tu à quel point j'étais inquiète ? L'école m'a téléphoné pour me demander où vous étiez. J'ai répondu que je ne le savais pas, puisque je *pensais* que vous étiez à l'école. Que s'est-il passé ? Où étiez-vous ? Qu'avez-vous fait ?

Jade a l'habitude de voir sa mère en colère, mais cette fois-ci, c'est différent. Cette fois-ci, elle a également l'air bouleversée. Jade se sentait un peu coupable de faire l'école buissonnière, mais en constatant à quel point sa mère est inquiète et triste, elle ressent soudainement de la honte.

— Je suis désolée, maman, murmure-t-elle, en regardant ses pieds.

Elle s'attend à ce que sa mère crie davantage, mais elle l'entend plutôt renifler. Elle lève la tête et voit sa mère essuyer une larme.

— J'étais si inquiète, dit-elle sur un ton plus doux. La situation à la maison est si embrouillée. Et là, j'ai cru que je vous avais aussi perdues, toutes les deux...

— Je suis désolée, répète Jade.

Elle souhaiterait ne jamais avoir fait l'école buissonnière. Ce n'était même pas amusant et ça n'en valait vraiment pas la peine.

— Alors, où étiez-vous ? demande sa mère.

Je n'aurais jamais dû faire l'école buissonnière!

— Nous étions dans la forêt, répond Maeva. Nous ne voulions pas aller à l'école. Nous avons décidé de prendre une journée de congé.

— Pourquoi ne me l'avez-vous pas dit? réplique leur mère. Nous aurions pu prendre une journée ensemble si vous me l'aviez demandé.

— Nous ne voulions pas te déranger, déclare Jade.

— Nous étions certaines que tu refuserais, ajoute Maeva.

— Mmm, bien, dit leur mère. Ce qui est fait est fait. Je suis seulement rassurée qu'il ne vous soit rien arrivé.

Puis, elle leur donne chacune un gros câlin réconfortant.

— Bon, maintenant, poursuit-elle, rentrons à la clinique. J'ai le curieux pressentiment que vous allez passer l'après-midi à nettoyer les cages des chiens et les litières des chats.

— Quoi ?! proteste Maeva. Pas ça ! Oh, maman !

Jade lui écrase le pied.

— Chut ! siffle-t-elle. Fais ce qu'elle dit. Nous aurons de la chance si c'est la seule punition qu'elle nous donne.

Elles rentrent donc à la clinique vétérinaire avec leur mère.

Chapitre

six

Le soir venu, leur père téléphone à la maison. Leur mère lui parle en premier. Jade l'entend lui raconter leur bêtise. C'est long. Elle ne lui épargne aucun détail.

Elle finit par passer le téléphone à Jade.

— Alors, dit son père. Tu as fait des bêtises avec ta sœur.

— Ouais, reconnaît Jade.

— Qu'est-ce qui vous a pris, Jade. Ta pauvre mère. C'est difficile pour elle, et Maeva et toi devez être gentilles avec elle.

— Gentilles avec *elle*? s'emporte Jade. Qui est gentil avec nous? Nous n'avons pas fait exprès pour être méchantes avec maman. Nous ne voulions tout simplement pas aller à l'école.

Son père pousse un soupir.

— Je sais que c'est également difficile pour vous deux. Personne ne s'amuse présente-

Ce n'est pas juste!

ment. Mais la situation va s'améliorer. Je te le promets, Jade.

«Ouais, tu parles, pense Jade. Mais quand?»

Jade s'assoit dans le couloir pendant que Maeva parle au téléphone avec leur père. Elle devine facilement ce que son père dit simplement par ce que Maeva lui répond.

— Comme si nous avions commis un crime! s'énerve Maeva. Tout d'abord, maman crie après nous devant pratiquement toute la ville. *Puis,* nous avons dû passer presque deux heures à ramasser des crottes de chien à la clinique. *En plus,* certains chiens avaient la diarrhée! *Et finalement,* maman nous dit qu'elle a téléphoné à l'école et que tout le monde s'est entendu pour que Jade et moi ayons des retenues du midi pour le reste de la semaine!

Maeva se tait.

Jade passe la tête par l'embrasure de la porte juste à temps pour voir Maeva rouler des yeux pendant que leur père lui parle. Il doit la réprimander sévèrement.

— C'est facile à dire pour toi, papa, mais ça ne nous aidera pas à aller mieux, Jade et moi. Ne crois-tu pas?

Maeva se tait à nouveau et écoute. Puis, elle répond sur un ton tempéré:

— Je sais. Tu me manques aussi. Je t'aime. Bye.

— Et puis? s'informe Jade au moment où sa sœur raccroche le combiné.

— Il dit qu'on mérite d'aller en retenue. Mais il souhaite nous emmener au cinéma vendredi soir.

— Alors c'est tout. Nous devons aller à l'école demain.

— Oui, ronchonne Maeva.

Jade laisse échapper un soupir.

Le lendemain, Jade est réveillée par le bruit d'une dispute.

«Est-ce que papa est à la maison?» se demande-t-elle. Ce n'est pas son père qu'elle entend, mais plutôt Maeva.

— Je ne me sens vraiment pas bien, maman. J'ai mal au ventre.

— Ça suffit, Maeva. Tu vas aller à l'école.

Elle entend ensuite Maeva bougonner, marcher dans le couloir d'un pas lourd, puis claquer la porte de sa chambre.

Quelques minutes plus tard, la mère de Jade entre dans sa chambre et s'assoit au pied de son lit.

— Et toi? demande-t-elle. Essaieras-tu aussi de me faire croire que tu es trop malade pour aller à l'école?

— Non.

— Et tu ne feras pas l'école buissonnière non plus?

— Non!

Jade a l'impression qu'elle et Maeva se feront souvent rappeler ce qui s'est passé hier.

— Parfait, dans ce cas. Lève-toi et prends ton déjeuner. Je ne veux pas que vous soyez en retard aujourd'hui.

Elle ne peut pas fuir plus longtemps. Jade doit aller à l'école. Et cela signifie qu'elle devra parler aux autres. Et parler aux autres signifie qu'elle devra reconnaître que son père est bel et bien parti. Ses parents se séparent pour vrai.

Jade ne se réjouit pas à cette idée.

Chapitre
* sept *

Une fois à l'école, Jade et Maeva vont, comme d'habitude, chacune de leur côté lorsqu'elles arrivent dans la cour de récréation. Bien que Maeva soit de deux ans l'aînée de Jade, leurs dates d'anniversaire font en sorte qu'elle n'a qu'une année d'avance sur sa sœur cadette. Jade est dans la classe de monsieur Bédard, alors que Maeva est dans celle de madame Plante.

Les enfants sont unanimes — madame Plante fait peur. Elle est calme et sérieuse, et ses cours sont vraiment endormants. Elle ne rit jamais et ne fait pas de blagues, et Maeva dit qu'elle l'a rarement vue sourire.

Jade plaint sa sœur d'être dans cette classe.

Les élèves de la classe de madame Plante se tiennent normalement sur les terrains de tennis. Maeva se dirige donc dans cette direction. Jade se retourne et aperçoit ses amies jouer au handball près des arbres.

«Ouf», pense-t-elle. Si tout le monde est occupé à jouer, elle pourra s'intégrer au jeu subtilement et espérer que per-son-ne ne lui parle.

Elle repère Coralie qui est en possession du ballon et qui s'apprête à le lancer. Puis, Coralie lève la tête et voit Jade s'approcher.

Jade s'attend à ce qu'elle lui envoie la main et poursuive le jeu. Mais Coralie lance plutôt le ballon à Aurélie.

— Tu es le roi! dit Coralie à Aurélie, qui était préalablement la reine. Je dois parler à Jade.

Coralie se précipite vers Jade. Jade entend les autres filles crier à Aurélie :

— Service! Service!

Coralie ne leur porte pas attention.

— Où étais-tu hier? l'interroge-t-elle. Étais-tu malade? Tu ne m'as pas téléphoné!

Jade n'avait pas pensé que Coralie puisse s'être ennuyée d'elle. Elle était si convaincue que Coralie ne comprendrait pas la situation avec ses parents qu'elle a oublié que son amie se souciait réellement d'*elle*.

Jade s'en veut d'avoir oublié à quel point Coralie est une bonne amie. Bien sûr qu'elle peut dire à Coralie que son père s'en va — elle peut tout lui dire!

— Bien, tu ne devineras jamais ce qui arrive, commence Jade.

Puis, elle raconte tout en détail à Coralie : la chicane entre son père et sa mère, l'école buissonnière dans la forêt et tous les ennuis qui s'en sont suivis.

Coralie ne dit rien. Elle écoute Jade parler, écarquillant les yeux d'étonnement au fur et à mesure que se poursuit le récit.

— Waouh, dit-elle lorsque Jade termine. Jade, il y a vraiment de quoi en faire un drame.

— Je sais.

— Pas étonnant que tu aies fait l'école buissonnière hier. Alors, veux-tu que ça reste entre nous, ou vas-tu le dire aux autres ?

Jade sourit.

Coralie comprend parfaitement. Sachant que Coralie la comprend, ça n'importe soudainement plus à Jade que d'autres soient au courant.

Elle hausse les épaules.

— Je suppose, si on m'en parle...

— Hé les filles, crie Lydia en courant vers elles. Parler de quoi?

— Oh, lance Coralie. Tu nous as entendues...

Elle lance un regard discret vers Jade pour savoir ce qu'elle doit faire. Jade hausse simplement les épaules à nouveau. Ça ne la dérange plus à présent.

— Bien, poursuit Coralie. Les parents de Jade se séparent.

— C'est pas vrai !

— Quoi ? Quoi ? ajoute Audrey, la sœur jumelle de Lydia, qui s'approche d'elles après avoir entendu leur conversation.

Lydia répand la nouvelle. Ainsi, la classe entière de Jade est mise au courant en moins de cinq minutes.

C'est exactement ce que Jade redoutait — que tout le monde parle d'elle, que tout le monde sache à propos de sa situation familiale. Elle a cru qu'elle aurait détesté cela, mais ce n'est pas aussi pire qu'elle se l'était imaginé.

C'est même mieux qu'elle se l'était imaginé, en fait.

Ça fait du bien de ne pas être obligée de garder un secret. C'est également rassurant de savoir que personne ne juge Jade à cause de ses parents. Peu importe ce que font ses parents, elle reste la même Jade. Personne ne peut changer cela.

Chapitre
* huit *

Dans la voiture, pendant le trajet du retour vers la maison, Jade s'assoit sur le siège avant, à côté de sa mère.

— Comment s'est passée ta journée à l'école? demande sa mère.

— Bien.

— Juste bien?

— En fait, j'aurais répondu qu'elle s'est très bien passée, mais j'ai eu une retenue sur l'heure du midi. Tu ne te souviens pas?

— Je m'en souviens. Et comment ça s'est passé ?

Jade soupire.

— Ennuyant. Nous avons dû nous asseoir dans la classe de madame Samson et travailler en silence. Et j'avais beaucoup de travail, parce que monsieur Bédard m'a donné tous les exercices qu'ils ont faits en classe hier.

— Et toi, Maeva ? l'interroge sa mère, en tournant légèrement la tête vers la banquette arrière.

Maeva marmonne. Elle est de mauvaise humeur.

— Maeva ? dit sa mère. Comment s'est passée ta journée ?

Maeva garde le silence, mais Jade entend un reniflement en provenance de la banquette arrière. Jade se retourne et constate que Maeva est en train de pleurer !

— Maeva ! souffle Jade. Qu'est-ce qui ne va pas ? Madame Plante a été méchante avec toi ?

Maeva secoue la tête et regarde par la fenêtre. Le reste du trajet se fait en silence, puis leur mère gare la voiture dans l'allée de la

Est-ce que Maeva pleure ?

maison. Elle éteint le moteur de la voiture, détache sa ceinture et se retourne de manière à bien voir Maeva.

— Que s'est-il passé, mon bébé ?

Maeva se met en colère.

— Qu'est-ce que tu penses ? crie-t-elle. Pourquoi crois-tu que je suis fâchée ?

— C'est *bien* madame Plante, n'est-ce pas ? ajoute Jade.

— Non ! rétorque Maeva. Ça n'a rien à voir avec l'école ! Comme si je me souciais de madame Plante !

— Bien, qu'est-ce que c'est alors, ma chérie ? dit leur mère d'une voix calme et réconfortante.

— Toi ! répond Maeva. Toi et papa ! Je ne veux pas que vous vous sépariez ! Vous ne pouvez pas revenir ensemble ?

Leur mère jette un soupir.

— Je suis désolée, Maeva. C'est très compliqué...

— Pourquoi ? Qu'est-ce qui est compliqué ? Quand Jade et moi nous disputons, tu nous dis toujours que nous sommes sœurs et que nous devons nous endurer. Tu dis que nous devons faire des efforts et être amies. Pourquoi serait-ce différent entre papa et toi ?

Jade trouve que Maeva a un très bon point. Elle est curieuse d'entendre la réponse de sa mère.

— Je crois que nous devrions entrer dans la maison et avoir une bonne discussion, propose sa mère.

À l'intérieur, Jade et Maeva s'assoient à la table de la cuisine pendant que leur mère prépare trois verres de boisson gazeuse. Elle apporte également la boîte complète de biscuits, une collation qui leur est interdite en temps normal.

— D'accord, dit-elle en s'assoyant. Nous devons discuter.

Le téléphone sonne au même moment.

— Grrr, lance-t-elle en se levant. Attendez... Allô ? Oh, c'est toi. Je crois que tu devrais venir

Pourquoi ne peuvent-ils pas revenir ensemble ?

à la maison. Les filles ont besoin de te parler. D'accord. À tout de suite.

Elle raccroche le téléphone et regarde Jade et Maeva.

— C'était votre père. Il sera ici dans environ vingt minutes. Nous pourrons discuter tous ensemble. Allez vous changer de vêtements. Nous nous ferons livrer notre souper.

— Waouh, Maeva, chuchote Jade tandis qu'elles se dirigent dans leurs chambres. Comment as-tu fait pour que tout cela arrive ?

— Je ne sais pas, mais essayons de bien nous comporter. Si nous sommes gentilles, papa restera peut-être avec nous.

Chapitre neuf

À son arrivée, leur père sonne à la porte plutôt que de l'ouvrir avec sa clé, comme il a l'habitude de le faire. Jade croit que ça augure mal. Malgré tout, elle et Maeva accourent pour l'accueillir.

— Maman a dit que nous mangerons du thaï, lance Maeva. Tu devras nous aider à faire notre choix !

Jade remarque que son père a l'air mal à l'aise. Il ne semble pas savoir quoi faire ni où s'asseoir.

C'est
insensé!

« C'est insensé ! pense Jade. C'est sa maison à lui aussi ! » Enfin, pas tout à fait. Plus maintenant. Elle doit essayer de se souvenir de cela.

Elle aimerait tant être comme Maeva — sûre que leur père changera d'idée et qu'il restera avec elles. Mais elle ne peut ignorer le fait que sa mère et son père sont mal à l'aise lorsqu'ils se regardent.

— Bien, dit sa mère, comme si elle tentait de faire un effort pour paraître enthousiaste. Pourquoi ne vous occuperiez-vous pas tous les trois de commander le repas? Nous pourrions alors discuter en attendant qu'il soit livré.

Maeva et son père s'obstinent à propos du menu.

— Je veux un *pad thaï* et un *mee krob,* dit Maeva.

— Mais ce sont deux plats composés de nouilles, rétorque son père. Nous ne pouvons pas commander deux plats de nouilles.

— Pourquoi pas? J'adore les nouilles!

— Tu en prends un, et nous laisserons Jade choisir quelque chose. Jade?

Mais Jade ne souhaite pas choisir. Elle est trop occupée à les regarder et à les écouter, en tentant de comprendre ce qui unit sa famille. Mais forment-ils encore une famille même s'ils ne vivent plus tous sous le même toit?

Son père remarque le regard de tristesse sur son visage et dit:

— Très bien, dépêchons-nous à commander. Nous pourrons ensuite avoir cette discussion.

Une fois que son père a terminé son appel pour commander le repas, ils s'assoient tous à la table.

— Alors, par où commencer ? demande sa mère.

— Pourquoi, dit Maeva, ne nous expliqueriez-vous pas, à Jade et à moi, la raison pour laquelle papa et toi ne pouvez pas rester ensemble ?

Jade aperçoit sa mère et son père se lancer des regards.

— C'est compliqué, commence son père avant que Maeva l'interrompe.

— C'est exactement ce que maman a dit ! Mais pourquoi ? Qu'y a-t-il de si difficile à être gentil l'un envers l'autre ?

Leur mère pousse un soupir. Elle soupire beaucoup ces derniers temps, maintenant que Jade y pense.

— Papa et moi avons essayé, précise-t-elle. Pour vrai. Nous aimerions que ça fonctionne, nous aussi, mais notre relation est tendue et insatisfaisante depuis si long-temps.

Leur père hoche la tête et poursuit :

— Vous souvenez-vous de toutes les fois que vous avez soupé chez tante Anne ? Maman et moi essayions de régler nos diffé-rends avec un thérapeute matrimonial afin que la situation s'améliore. Mais au bout du compte, nous avions besoin de prendre du temps chacun de notre côté.

Jade est déconcertée, puis elle réalise soudain pourquoi.

— Mais vous avez réussi! lance-t-elle. Vous ne semblez pas fâchés l'un contre l'autre en ce moment. De plus, je vous ai entendu parler au téléphone, et vous ne vous disputiez pas du tout. Ça a peut-être fonctionné. Peut-être que tout ira bien à présent!

Son père sourit tristement.

— C'est tout là le problème, Jade. Ta mère et moi nous entendons mieux lorsque nous ne sommes pas ensemble. Plus nous nous voyons, et plus nous nous disputons et nous crions après. Nous ne voulons pas que vous viviez dans une maison où on se chicane sans arrêt.

— Nous tenons à vous démontrer que vos parents peuvent être amis, ajoute-t-il. Même si nous habitons dans des maisons séparées.

— Est-ce que vous comprenez? demande leur mère.

C'est un peu déroutant.

Dans sa tête, Jade trouve que ça a du sens, mais dans son cœur, elle souhaiterait qu'ils restent ensemble.

— Je ne sais pas, répond doucement Jade. Je crois comprendre ce que vous voulez dire...

— Et Maeva? dit leur mère. Qu'en penses-tu?

Jade se tourne vers sa sœur. Que va penser Maeva de tout ça?

Chapitre dix

— Vous voulez savoir ce que j'en pense? demande Maeva. Vous voulez *vraiment* savoir?

Ses parents hochent la tête.

— Oui, Maeva. Nous voulons que tu nous dises comment tu te sens.

— D'accord, dans ce cas, répond Maeva. Je crois que ce n'est qu'un tas de mensonges!

— Maeva! souffle son père.

Jade regarde sa sœur, étonnée. Elle est surprise que Maeva soit si franche, mais elle en est fière. Ça fait du bien d'entendre Maeva dire ce que Jade pensait réellement.

— C'est vrai, poursuit Maeva. Je n'en ai rien à faire de ce que toi et maman dites. J'en ai discuté avec mes amis à l'école, et nous en sommes venus à nos propres conclusions.

— Alors, que va-t-il se passer? demande sa mère. Je veux dire, qu'est-ce que tes amis de l'école *croient* qui va se passer?

Maeva regarde ses parents d'un air sévère et croise les bras.

— Bien, commence-t-elle. Premièrement, papa et toi ne resterez pas amis. Vous dites cela juste pour nous faire sentir mieux Jade et moi. Mais c'est faux.

Deuxièmement, papa va se trouver un nouvel emploi, probablement aux États-Unis. Puis, nous ne le reverrons plus jamais.

Ensuite, après que papa se sera installé aux États-Unis, nous devrons vendre la maison et déménager dans un endroit horrible où nous ne connaîtrons personne en plus de fréquenter une nouvelle école.

Maeva prend une grande inspiration, mais elle n'a pas encore terminé.

— Et après tout ça, maman, tu te feras un nouveau copain. Et tu te remarieras, tu auras un autre bébé et tu fonderas ta propre petite famille. Tu nous mettras à part, Jade et moi, et tout le monde oubliera notre existence.

Jade sent qu'elle va s'évanouir.

— Est-ce que c'est vrai? demande-t-elle.
Est-ce que ça se déroulera de cette façon?

— Oui, affirme Maeva.

— NON! disent en chœur leur père et leur
mère. Bien sûr que non!

— Jamais de la vie! ajoute leur père.
Évidemment que votre mère et moi désirons
rester des amis. Nous étions amis bien longtemps avant de nous marier. Et je ne change-
rai pas d'emploi. Même si c'était le cas, je
n'irai pas aux États-Unis. Je souhaite rester
auprès de mes filles et les voir grandir!

— D'accord, répond Maeva en regardant
sa mère. Alors?

— Alors, je vous assure que nous ne ven-
drons pas la maison, dit sa mère. Papa et moi
en avons discuté et nous désirons la garder.

Notre budget sera serré pour un certain temps, mais nous ne voulons pas vivre un déménagement en plus de tout ce qui nous arrive.

« Ouf », pense Jade. Elle adore sa chambre et la cour arrière. Et en plus, elle ne souhaite pas changer d'école.

Tout va bien pour l'instant.

Peut-être que tout ira bien?

Que va ajouter sa mère?

— Et pour ce qui est des copains, bien, je n'ai pas l'intention d'en avoir un. Du moins, pas pour le moment. Et si jamais je fréquentais quelqu'un — pas que ce soit dans mes plans! — je m'assurerai de choisir une personne qui vous plaira à toutes les deux.

— Tu vois? lance Maeva à Jade en roulant les yeux. Je te l'avais dit. Maman ne peut pas nous promettre qu'elle ne nous remplacera pas par un copain ou un bébé.

— Non, bien sûr que non, réplique leur père. Votre mère et moi ne pouvons pas savoir ce que l'avenir nous réserve. Nous ne voulons pas vous faire de fausses promesses ou vous raconter des histoires. Nous souhaitons vous dire la vérité, et la vérité est qu'il y a de fortes chances que votre mère ou moi rencontrions une autre personne un jour...

— Ah ! s'emporte Maeva. Vous l'avouez !

— *Mais,* rétorque leur père, je *peux* vous promettre que nous vous aimerons toujours. Personne ne vous oubliera, Jade et toi. Nous ne cesserons jamais de vous aimer et nous vous trouverons toujours aussi belles, intelligentes et merveilleuses.

— Votre père a raison, ajoute leur mère. Même s'il y avait cinquante nouveaux bébés dans notre famille, vous resterez toujours nos deux petites filles. Personne ne pourra prendre la place de Maeva et de Jade.

Chapitre
onze

Jade remarque qu'elle est en train de retenir son souffle. Elle était si concentrée sur la conversation qu'elle a oublié de respirer. Sa mère, son père et Maeva ont également l'air tendus et concentrés.

C'est la discussion la plus terrifiante et intéressante à laquelle Jade n'a jamais pris part. Elle a l'impression que ses parents les traitent comme des adultes, elle et Maeva. Le fait que ses parents la considèrent comme étant assez mature pour qu'on lui dise la vérité l'aide à se sentir forte et courageuse.

Elle est impatiente d'entendre la suite.

Maeva réfléchit à ce que ses parents viennent de lui dire.

— Bien, dit-elle. Mais je tiens toujours à savoir ce qui va réellement arriver.

— Nous aussi, ma chérie, ajoute leur père. Mais nous ne pouvons vous faire de promesses à propos de l'avenir. Maman et moi n'avons aucune idée de ce qui nous attend.

Jade prend la parole.

— Cela signifie qu'il pourrait y avoir d'autres changements? Nous vivons des changements présentement, mais il pourrait y en avoir d'autres, n'est-ce pas?

— C'est exact, affirme sa mère. Mais c'est la vie. Personne ne peut prédire l'avenir.

Jade n'a jamais pensé à cela auparavant. Jusqu'à maintenant, sa vie a toujours été ordinaire. Ça doit faire partie de l'apprentissage de la vie, suppose-t-elle, de comprendre que rien ne reste pareil.

Tout à coup, la sonnette de la porte retentit.

— Ça doit être notre souper! dit sa mère. J'avais presque oublié.

— Pas moi, réplique son père. Cette discussion m'a donné faim!

Jade bondit de sa chaise en même temps que sa mère et prend l'argent sur le comptoir en passant. Sa mère ouvre la porte à un adolescent qui leur tend deux sacs de plastique blancs remplis de nourriture fumante.

— Bonjour Théo, lance la mère de Jade.

Ils commandent souvent leurs repas à ce restaurant, et c'est habituellement Théo qui vient les leur livrer. Il porte une veste en cuir noire et attache ses longs cheveux noirs en queue de cheval. Il effectue ses livraisons avec sa moto noir et argent. Jade entend le moteur vrombir dans l'allée.

Théo est tellement mignon. Jade a la chair de poule chaque fois qu'elle le voit.

Elle lui tend les billets timidement, sans lui dire un mot.

— Merci, la petite ! lance-t-il tandis qu'il prend l'argent et lui remet la nourriture. À la prochaine !

Jade se sent rougir de honte, mais cela ne l'empêche pas de le regarder se diriger vers sa moto.

— Il est beau, n'est-ce pas ? commente sa mère en refermant la porte.

— Maman ! s'écrie Jade. Dégoûtant ! Ne dis pas ça !

Mais elle réalise que ses parents avaient raison — on ne peut savoir ce qui va arriver.

Une minute, Jade prend part à une conversation sérieuse et mature à propos de la séparation de ses parents et est convaincue que c'est la fin du monde. Une minute plus tard, elle a tout oublié et rêve de faire une balade en moto avec Théo.

— Allez, viens! s'esclaffe sa mère. Le repas va refroidir si tu restes plantée là trop longtemps!

— Maman..., rouspète Jade en suivant sa mère dans la cuisine.

Chapitre douze

Après le repas, ce soir-là, les choses semblent s'arranger dans la famille de Jade. Au cours du week-end, Jade et Maeva vont visiter le nouvel appartement de leur père. Elles choisissent chacune leur chambre et planifient la façon dont elles vont la décorer.

Puisque leur père ne possède pas beaucoup de meubles, ils s'improvisent un pique-nique sur le plancher du salon et se régalent de pizzas qu'ils se sont fait livrer.

— La prochaine fois que vous viendrez ici, vous aurez chacune votre lit, dit-il. Puis, je vous préparerai un repas convenable et vous pourrez rester à coucher si vous le voulez.

— Mais n'achète pas de table ni de chaises, suggère Jade. J'aime bien m'asseoir sur le plancher. C'est plus relaxant.

— Ouais, ajoute Maeva. Il pourrait n'y avoir que des poufs et des coussins. Du moment que tu ne nous prépares pas de la soupe, ça ira.

— Je vais y réfléchir, lance leur père en souriant. Mais pour l'instant, je crois qu'il serait préférable que j'aille vous reconduire à la maison. Je ne veux pas que vous vous couchiez trop tard à la suite de votre première visite.

Ce soir-là, tandis qu'elle est étendue dans son lit, Jade pense à tous les changements qui surviennent. Elle était d'abord un peu terrifiée, mais elle constate qu'il n'y a pas que de mauvais côtés aux changements. Par exemple, elle aura *deux* chambres à partir de maintenant — ce sera génial. Puis, elle et Maeva ont été heureuses d'avoir leur père pour elles toutes seules.

Elle commence à mieux vivre avec l'idée du changement continuel.

Comme de fait, alors qu'elle et Maeva rentrent de l'école le mardi suivant, un autre changement les attend à la clinique vétérinaire.

À côté de leur mère se trouve une grande boîte de carton de laquelle s'échappent des grattements et des aboiements. Quelqu'un a dû déposer une autre portée de chiots. Jade et Maeva courent y jeter un coup d'œil.

— Oh, comme ils sont mignons ! s'exclame Maeva. Pourrions-nous en garder un ?

Jade pousse un soupir. Chaque fois qu'une portée de chiots ou de chatons arrive à la clinique, elle demande *toujours* si on peut en garder un. Et leur mère leur répond *toujours* non. Maeva n'a jamais abandonné, mais Jade est tellement habituée de l'entendre qu'elle n'y porte plus attention.

Cette fois-ci, par contre, elle entend Maeva s'énerver.

— Qu'est-ce que tu as dit ?

Leur mère affiche un large sourire.

— J'ai dit oui. Maintenant qu'il n'y a que nous trois à la maison, nous n'avons plus à nous soucier des allergies de votre père.

— Je n'arrive pas à y croire ! souffle Maeva. Tu nous laisses prendre le chiot pour vrai ?

— Mieux que ça, répond leur mère. Comme ce seront de petits chiens, chacune d'entre vous peut en choisir un.

— Deux chiens ! claironne Jade.

— Oui, confirme leur mère. De cette façon, ils pourront se tenir compagnie pendant que vous serez à l'école.

Jade croit qu'il s'agit d'une excellente idée, puisque les chiens ont aussi besoin d'une sœur à leurs côtés lorsque les choses ne vont pas bien et qu'ils se sentent seuls.

Avec de nouvelles chambres à décorer et deux chiots à s'occuper, il faut du temps avant que la vie reprenne son cours normal.

Jade a l'impression de ne pas voir le temps passer. Il y a tant de nouvelles choses auxquelles elle doit penser — aider papa à choisir un divan et des rideaux, aller aux cours de dressage pour chiens, apprendre à se servir d'un rouleau à peinture, aider maman à préparer les repas...

Jade ne peut pas dire que la vie soit redevenue normale depuis la séparation de ses parents. Mais peu à peu, elle réalise qu'ils se sont réinventé une routine. Et non seulement Jade s'y habitue, mais elle *aime* cela.

Elle remarque que sa mère ne soupire presque plus et qu'elle a commencé à chanter dans la maison à la place. Et même si son père lui manque parfois durant la semaine, elle prend l'habitude de lui téléphoner après l'école. Ils se parlent plus au téléphone qu'ils ne le faisaient à l'époque où il vivait à la maison.

Allo papa!

Mais le plus important, c'est qu'il n'y a plus de conflits à la maison. Les parents de Jade ont même développé une nouvelle manière de se parler.

C'est tout ce dont ils ont toujours rêvé.

Un soir, alors qu'elles s'amusent avec leurs chiots, Jade et Maeva discutent de la situation.

— Je croyais que ça gâcherait tout si papa et maman se séparaient, dit Jade. Mais ça va, non?

— Bien sûr que ça va, répond Maeva en laissant son chiot lui lécher le visage.

— Pendant un moment, je craignais que nous ne formions plus une vraie famille si nous ne vivions pas tous ensemble. Mais je crois que j'avais tort.

— Voyons! s'écrie Maeva. Je veux dire, tante Anne et oncle David ne vivent pas avec nous, mais ils font quand même partie de notre famille.

— Hé, je n'avais pas pensé à ça!

— Et papa nous a promis, pas vrai? Peu importe ce qui va arriver, il sera toujours notre père.

— Oui, c'est vrai, répond joyeusement Jade en caressant son chiot. Nous sommes encore une véritable famille. Nous sommes juste un peu plus éparpillés qu'avant.

Go Girl!

**La nouvelle série
qui encourage les filles
à se dépasser !**

La vraie vie,

de vraies filles,

de vraies amies.

Imprimé au Canada